Der Bücherbär

Mein LeseBilderBuch

In neuer Rechtschreibung

Neuausgabe

1. Auflage 1999

Einband und Illustrationen: Carola Holland
Gesamtherstellung: Westermann Druck Zwickau GmbH
ISBN 3-401-07788-0

Sarah Bosse / Carola Holland

Nashorn vor, noch ein Tor!

EDITION BÜCHERBÄR

Unter einem riesengroßen 

mitten im 

wohnt ein kleines  .

Am liebsten liegt das 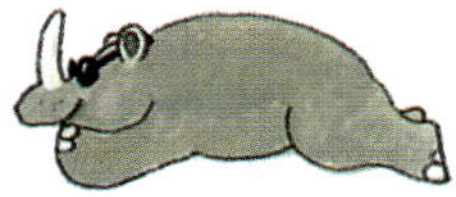

in der  und schläft.

Aber heute hat das 

einen neuen  bekommen.

Aufgeregt kickt es den 

gegen den  .

„Ob der  mit mir  spielt?“,

überlegt das  .

Das  geht zum  .

Der  liegt noch faul

in seiner 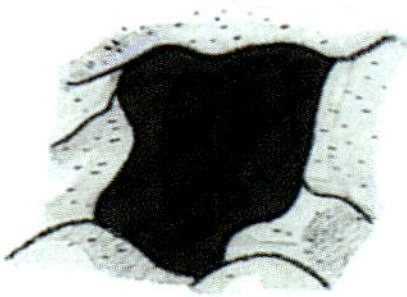 .

Er kratzt sich mit der 

den dicken  und gähnt.

„Hallo  !“, ruft das  .

„Spielst du mit mir  ?“

Da steckt der  seine 

zur 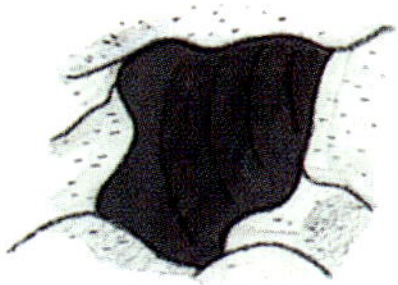 hinaus.

„Au ja!“, sagt der  begeistert

und klatscht in die  .

Er verschwindet in der  .

Als der  zurückkommt,

hat er eine blaue  an.

Aber was hält er denn in der ?

Das ist ja ein  !

„Aber  !“, ruft das  .

„ spielt man doch nicht

mit einem  !“

„Nein?“, fragt der  erstaunt.

Das  erklärt:

„Zum  spielen

brauchst du nur deine  .“

„Egal“, sagt der ,

„der  kommt mit.“

„Der  spielt bestimmt

auch mit “, sagt das .

„Bestimmt“, sagt der .

Das  und der  machen sich

auf den  zum .

Der  liegt schnarchend

auf einem großen .

„Hallo !“, rufen das 

und der , so laut sie können.

Der  springt erschrocken auf

und fällt dabei vom .

Mitten in die .

„Aua!“, schreit der 

und reibt sich den .

„Spielst du mit uns ?“,

fragt das .

„Na klar“, antwortet der .

„Bin gleich wieder da.“

„Hahaha!“, schallt es über die  .

Oben im  sitzt ein 

und ruft lachend:

„So spielt man doch nicht  !“

„Wie dann?“, fragt der  beleidigt

und schwingt seinen  .

„Komm runter und sag’s uns!“

Der  springt vom 

und setzt sich auf die  .

Das  verteilt die  .

„Zuerst“, erklärt der  schmatzend,

„braucht ihr ein zweites 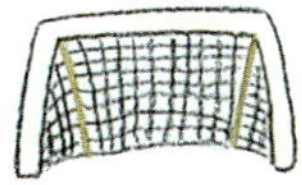 .

Ihr braucht aber keine  ,

keinen  und kein  .“

„Sag ich doch!“, grinst das  .

Der  schwenkt seine  .

„Und dann braucht ihr noch

viele andere  , die mitspielen.“

„Au ja!", ruft der  .

„Wir hängen ein  auf:

„Ab morgen", sagt das  ,

„spielen wir richtig  .

Wir besorgen uns 

und der  trainiert uns.

Dann sind wir der FC  !"

Die Wörter zu den Bildern:

Baum 

Wald 

Nashorn 

Sonne 

Fußball 

Bär 

Höhle 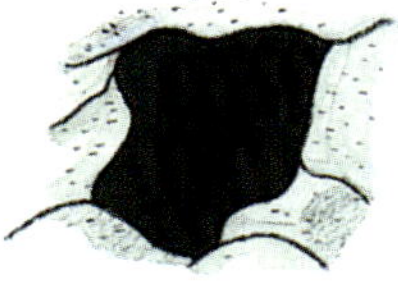

Tatze 

Bauch 

Schnauze 

Turnhose 

Tennisschläger 

Leopard 

Weg 

Ast 

Büsche